うさと私

高原英理

うさと私 * もくじ

うさと私

「地味な兎ですが、ずっとつきあってください」

誕生日にもらったポストカードにはこう書かれていた。私は決意した。

半月後、兎は私の右側に座っている。兎はよく眠る。ときどき起き出してはよく笑いよく泣く。


「何て呼べばいい？」

兎はひどく考え込む。私はいう。

「『うさ』はどう？」

「うれし」


私の名前が「ミキヒサ」というので「みき」。変化形は「みきみき」。別のタイプの変化形は「ぴき」。さらにもう一段変化すると「ぴきぽん」。場合によっては「みきねこ」。

私は「うにゃにゃにゃにゃ」という。好き好きの意味。

うさは「きゅーきゅーきゅー」という。ずっといっしょの意味。

「うさ、ほんとによく寝るね」
うさの答え「寝たきりうさぎ」
「うさ、寝顔がとってもきれい」
うさの答え「じゃ、うさ、一生の三分の二の間、きれいな顔してんだー」

眠くなったうさの瞼の裏に動物たちが横切ってゆくという。うさが教えてくれる。

「らくだ」

とか、

「大蟻食」

とか、

「山椒魚」

とか。

あるとき、

「ブロントサウルス」

私はとてもとてもうさが羨ましかった。


夜中に目が醒めると、隣に兎が寝ていた。嬉しかったが、眠いのでそのまま寝てしまった。

夜中に目が醒めると、隣に兎がいなかった。悲しかったが、眠いのでそのまま寝てしまった。

うさの頭に小さな塵。何度取ろうとしても指から抜けて頭にくっつく。うさがいう。

「ここが好きみたい」

うさは「愛してる」といわない。そのかわり、私の手をとって、「なかよし」という。

魚の真似をするうさを捕まえる。ピチピチ跳ねる。私は必死でしがみつき、うさの頬に、ちゅっ。

「麻酔」

うさぐったり。

でも、すぐに麻酔は切れて、またピチピチピチ。ふたたび必死でうさの頬に、

「麻酔」

ちゅ。

うさようやくぐったり。でも口を離すとまたピチピチピチ。

「このうさかな、元気！」

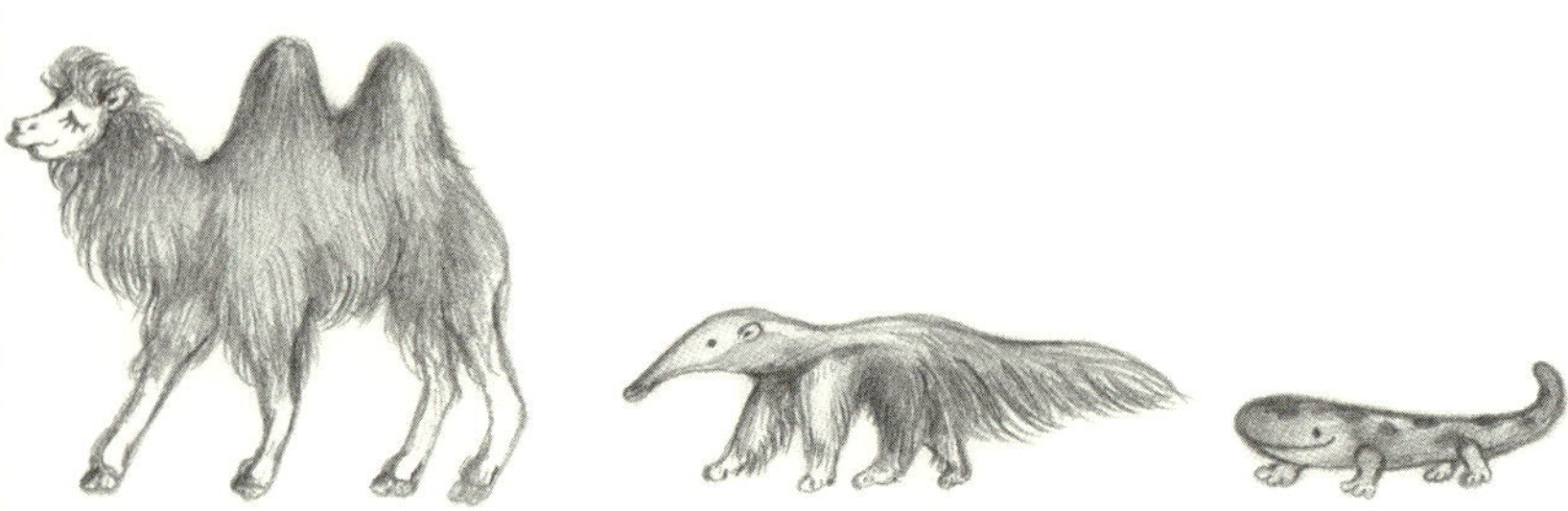

一緒に寝ころんでいるとうさが、とつぜん、

「巨大化」といい、

「ずんずんずんずんずん」と迫る。

「わー、ウサラだー」私はあわてふためく。

「ずんずんずんずんずん」

「わー、ウサラだー」

「ウサラ、何もしないよお」

「ウサラ何するの？」

「寝てるだけ」


「うさ、もう、ダンゴムシ！」

うさベッドに転がり込み、丸くなる。とても恥ずかしいことを思い出したとき。

「ダンゴムシ、他人と思えない。何か、怖いことやヤなことあると、あんなふうに丸くなってたい、うさ、前世、ダンゴムシだったんじゃないかな」

うさは背中にすぐかゆいところができる。小さい、ぷつっとしたものがかゆい。「小さいぷつっ」をひとつずつ探し出す。かいてやる。

「うさ、はい、かい探し」

「はーい」

うさは背中を向ける。

「ここ、どう？」

「かい」がりがりがり

「ここは？」

「かい」がりがりがり

「ここは？」

「かいない」
「ここは？」
「ちょとかい」がり
「かいない」だとちょっと残念。

「うさ、よくもの壊すよね。でも、ある日、癇癪おこして、失敗したうさのこと、すごく怒ったりなんかするといけない。うさ、どっか、行っちゃうかもしれない、困る」というと、うさは、

「えー？　どっか、って、うさぎ村？」

「お、それいいね」

不意に思い出す、イギリスの電車の窓から見た兎の姿。兎は、線路のそばまで来て、後ろ足で立ち、前足を手のように合わせていた。そんなのがいっぱいのうさぎ村。

「でも、もし、うさぎ村、行っちゃうときは、みき、ついてこない？」

「行く行く」

「いいの？　兎になって、たんぽぽ食べて暮らすんだよ、それでいい？」

「うにゃ！」

「ずっと兎でいようか」

「うにゃ！」

「あのねー、うさぎ村はねー、実は、月にあるんだ。ほら」

うさが空を指さす。満月の夜。

うさと私の作った詩

「うさぎ村」

いっぱいのうさうさ
いっぱいのうさうさ
いっぱいのうさうさ
いっぱいのうさうさ
いっぱいのうさうさ
いっぱいのうさうさ
いっぱいのうさうさ
みきみきもいるよお
いっぱいのうさうさ

ある日の会話。

「うさリンゴ」

「みきミカン」

「最近、だんだん、まともな話、しなくなってるよぉー、みきみきといると、うにゃにゃにゃにゃとか、きゅーきゅーきゅーとかばっかり増えてくよぉー、困ったよぉー」

「うにゃ?」

「だめー、もっと、シリアスな、哲学的な話、しようよー」

「うにゃ?」

「だめだってぇー」

「うにゃうにゃうにゃ」

「もうー、……」

「うにゃー！」

「うにゃー！」

夜中の二時。よく晴れて月が出ている。急に外へ出たくなる。うさと散歩する。夜の公園や街灯の点いた街路を歩く。

少し風がある。樹々が音を立てる。さわさわさわ。

「感じない？」

「ちょっと不思議」

「いつのことかわかんない、夢だったのかな、樹のいっぱいはえた、暗い道を歩いていって、風があってさわさわさわさわ……どっかで、ちょっと街灯かなんかの光がさしてて、その下にある樹の枝
……」

沈黙。

うさがいう。

「ほら、こんな感じで月の光がさしてるとねー……

んー、……『つきしい』」

「そうか、つきしいんだ」

「でも、何が『つきしい』の？」

「うーん。わかんない」

世界の終わる日、もし生きていたら、うさはいうだろう「きゅーきゅー
きゅー」眠いなあの意味。
世界の終わる日、もし生きていたら、私はいうだろう「うにゃにゃにゃ
にゃ」つきしい晩に散歩しようねの意味。

うさと私の日々

うさぎ情報

「ぴき！　すごい本見つけたよ」

「どんな？」

「すごく厚くてむつかしそうなの。箱に入ってて。高田なんとかっていう人の」

「どんなことが書いてあるの？」

「なんか錬金術がどうとか」

「何ていう出版社から出た本？」

「見なかった」

「いくらくらいするの」

「知らない」

「どこにあったの？」

「本屋」

「どこの」

「よくわかんない」

こういうのがうさぎ情報。

せき

うさが咳をする。
また咳をする。
また咳をする。
時間が罅割《ひびわ》れる。
その間、私は息をひそめて、けんめいにうさの笑顔を思い浮かべている。
うさ、早く風邪治そうね。

ティーポット

うさが、猫の形をした陶器製のティーポットを買ってきた。黒猫で、ずんぐりしていて、あくびをしている。

たまに私が元気のないとき、うさは、

「はい」

といってこのポットを私の眼の前に出す。

私は少し元気になる。

ゆめだまり

見ただけではわからないが、うさの頭には秘密がある。さわると端のほうがほんのちょっとだけへこんでいるのだ。

初めて出会ったころ。

話している途中、突然、うさは私の手をとって頭にふれさせた。

「ここ、さわってみて」

「あれ？」

これがうさの親愛の表現。

「夢みたの。最近よく夢みるけど、よくおぼえてないの。でも、へこみのとこのぞいてみて」

うさはそう言って頭を向ける。

「夢が残ってるかも。ここ、ゆめだまりっていうんだよ」

うさは、よく、話の途中で、

「あ、関係ないけど、……」

といって関係ない話を始める。

「うさの話ってすごく飛躍するね」

うさはまた頭をふれさせながらいう。

「ほら、きっと、考えが頭の中、回ってきて、ここんとこに来るとそのときだけショートして変な関係ないことが出てくるんだよ」

きゅー仲間

とても過激で攻撃的な内容の本を何冊も出しているフェミニストにインタビューした記者の報告。そのこわもてのフェミニストは、会ってみると意外なことに、とてもおどおどしていて気弱そうだったという。

その記事を読んで、うさがいう。

「これ、わかるう」

「どこが?」

「書くものがとっても強そうでも、本人は弱そうってとこ」

「普段は弱気なんだけど、文章を書かせるとすっごくえらそうになる人っているよね」

「でも、うさ、えらそうなのは普段の反動だと思うな。この人、どんな人かわからないけど、きっと、面と向かって『こらっ!』って怒られると、きゅーっていって逃げ出しそうになると思うな」

「どうかなー……」

「わかるんだ、ほら、テレビのトークショーに出てて、最初、はっきり自分の意見をいうのに、横から『それはちがうよ』って強くいわれると、『ええ、そうですね、まったく』って答えちゃうどっかの考古学の先生、いたじゃない。いっつも強気でいなきゃなんない仕事してる人にも、そういう、うさみたいな人、いるんだ。そういうの、きゅー仲間っていうんだよ」

まるいこと

ねえねえ、ビール酵母って知ってる？　と問ううさ。
知らないけど、と答えると、うさはいう。
からだにいいんだよ。
どういいの？
とにかくいいの。
ふうん。
でさ、電車の中で、ビール酵母の拡大写真貼ってあって。
いつから電車の中が理科室になったの？
違うよ、なんかの広告だよ。
何の？
忘れた。でも聞いてよ、ビール酵母ってさ、ひとつひとつ大きくすると、
まんまるで、すべすべしてて、みっつくらいちいさなぽつっがあってさ、善

人そうなの。絶対あれ、身体にいいと思うな。

ねえねえ、まりもってさ、北海道だけにあるわけでもないそうだよ、というさ。

他にはどこにあるの？

忘れた。でもさ、川の急流の底にころころころころ、してるって考えてよ、いいなぁー、うさも、生まれ変わったらまりもになって水の中でころころころころころ、してたいな。

あ、このまりも、ちいさいぽつっがふたつ並んで出てる！

それだ！　うさまりもだっ！

うさの話した悲しいはなし

『つばめグリル』という名が気に入ってそこで「ハンブルグ・ステーキ」を食べた。

その帰り道。

「つばめグリル、おいしかったね」

「うん」

「『うさぎグリル』ってないかな」

「うさぎがコックさんなの？」

「そうそう。みんなから好かれてるから大はやりなの」

「きゅ」

「いつも満員」

「でも怖い人、来ない？」

「だいじょうぶ、そういう人はお客さんがみんなで追い出すんだ」

「きゅ」

しばらくして何か思いついたうさがいった。

「ううん。

あのさ、でも、ある日、にこにこした陽気なお客さんが来て、コックさんに、

『うさぎの耳焼き料理、食べたい』

っていうの。

コックさん、ちょっと悲しそうにしてキッチンに入って、長い間出てこないんだけど、やっとお皿を運んできて、

『はい、うさぎの耳焼きです』

……それからコックさんは帽子を取らなくなりました……」

「……」

「可哀想だった？」

「それ、なかったことにしようよ。

『この店では兎料理はしません』って店に貼ってあるのね。だからコックさんは今日も安心」

「きゅ」

祖先

上野の博物館でのこと。
化石のコーナーへ来た。
三葉虫の化石があった。
その中に、いっしょうけんめい、体を内側に曲げている形のがある。
横の説明には「丸くなる三葉虫」。
「あー、これ、うさのご先祖様だー」

こわいこと

面白いホームビデオを放映する、とあるテレビ番組で見た中のひとつ。

小さい女の子と年上の女の子が遊んでいる。年上の子はお姉さんらしいが、こちらからは顔が見えない。小さい子の顔が大写しになる。

お姉さんがいう。

「とんとんとん」

妹がいう。

「何の音？」

お姉さんがいう。

「風の音」

妹はきゃっきゃっ、と笑う。

「とんとんとん」また姉がきく。

「何の音？」

「風の音」

きゃっきゃっ。

「とんとんとん」

「何の音？」

「風の音」

きゃっきゃっ。

「とんとんとん」

「何の音？」

「お化け！」

すると妹は、うわあん、と泣き出す。

うさにこのことを話す。

「そりゃ、泣いちゃうよ。可哀想だなー、でもおかしい」

「とんとんとん」私がいう。

うさがたずねる。

「何の音?」

「風の音」

「ほっ」とうさがいう。

「とんとんとん」

「何の音?」

「風の音」

「ほっ。きゃっきゃっ」

「とんとんとん」

「何の音?」

「風の音」

「きゃっきゃっ」

「とんとんとん」もういちど私がいうと、うさは、

「そろそろ来るかもしれない……」

いるだけうさぎ

うさが悲しそうにいう
「うさ、役に立たないね、ちっともみきのこと助けてないね、いるだけだね」
私がいう
「うさ、あんまり役に立つことばっかりやってると、役に立つことがうさの一番大事なところになるよ、いるだけだといるだけがうさの大事なところ」
「そうか、いるだけうさぎ」
「そう、いるだけうさぎ」

ただの丸顔の寝うさ

うさは自信がなくなるとすぐに自分のことをつまらないうさぎだと思うらしい。

「だめだよお、寝てばっかりのうさなんか、ただの丸顔の寝うさだよお」

そこで私はいう。

「あ！　ただの丸顔の寝うさだ！　やっとみつけた」

「うれし？」

「うれし！」

「きゅー！」

うなされるうさ

「ひゅひゅひゅひゅひゅひゅひゅ」

夜中にこんな声がしたらうさがうなされているのだ。

こわい夢を見ているらしい。

私はすぐにうさの耳許で
「こわくない、こわくない」

と囁く。

するとうさの「ひゅひゅひゅ」が止まる。

うさ、だいじょうぶだよ。

うさと宇宙

うさと一緒に「宇宙」という子ども用の図鑑を見る。

暗い背景に太陽系の惑星が並ぶ。

木星と土星の大変な大きさ。地球など豆くらいだ。土星は大きいだけではなくて、輪まである。

「こんなの、ずんずんずん、ってやってきたら怖い」

土星を指差して、うさがいう。

少し後ろのページでは恒星の大きさ比べ。

赤色巨星のベテルギウスはとてもページ内に収まらない。左上の、直線に近い弧がそれだ。太陽の大きさは十円玉。

「ぎゃー、ベテルギウス怖いよー」とうさ。

「こんなの、近づいてきたら、どうしたらいいんだろう」

「宇宙って怖い」

こうしてうさはときどき図鑑を開けて怖がる。

海の一族

海水浴から帰って何日かたったときのこと。うさがいう。

「海ん中って、変な生き物いるよねー、この間行ったときはあんまし見なかったけど」

「そういえば、一メートルのナマコ、見た人いるって」

「ひゃー、そんなの、いたら、どうしたらいいんだよー」

「ウミウシとかもいるよね、ほんとに、あれ、何なんだろう……」

「知ってる？　世界アメフラシ学会ってあんだって」

「アメフラシ！」

「世界中の偉いアメフラシ学者が集まるんだよ」

「何それ？」

「アメフラシって、なんか知らないけど、とっても役に立つものがとれるんだって、だから、ウミウシ学会もヒトデ学会もないけど、アメフラシ学会っていうのはあるんだって」

「へええ」

「この間、おっきななんとか会館の前んとこに、『第二十回世界アメフラシ学会開催中』って立派な習字みたいな字で書いてあるの。まじめな集まりなんだけど、なんか楽しかった。アメフラシって字がいいよね」

「うん」


私は『海兎』のことを話す。

「ねえ、うさ、『うみうさぎ』って知ってる？」

「えーっ！　そんなの、いるのー？」

「うん」

「知らないよー、どんなの？」

「あのね、海の中にいるんだけど、真っ白なウミウシみたいなの。頭らしいところからふたつ、兎の耳みたいのが出てるから『うみうさぎ』っていうの」

「へえー！　知らなかったぁ」

「それでね、それ、動きがのろくて、つつくと『きゅー』っていって水かなんか出すの。すごく怖がりの生き物なの」

「ひえー！　本当、それ？」

「嘘」

「ぶー」


突然、うさがいう。

「わたし、生まれ変ったらクラゲになろうかな。ぷかぷか浮いてるだけでいいなんて、楽」

「でも、海岸に打ち寄せられたら、じりじり干からびて、死んじゃうんだよ」

「いいよ、そうなったら、アッチーなー、っていって死ぬの」

「ふうん。うさ、こだわり、ないね」

おとなしいウミウシ

「テレビのさ、動物番組で、海の生物特集やってたの」

「うんうん」

「ウミウシ、出てきたのね、」

「うんウミウシ」

「ナレーションで、これは肉食ではない、おとなしいウミウシです、っていうの」

「おとなしいウミウシ」

「見た目も地味な感じで、白くて周りにちょっと模様がある程度なの。それがゆっくりゆっくり」

「ゆっくり」

「そうなの。そしたら、その先にエビがいっぱいいて」

「エビ」

「そうなの、そいで、おとなしいウミウシにいっぱいいたかって、ちょん、ちょん、て、ちょっとずつつまんで食べてるの」

「エビが？」

「そうなの、おとなしいウミウシ、つままれてるの。それでもウミウシだから、ゆっくりゆっくりなの。そのうちに、もっとたくさんエビがよってきて、もっともっとつまれて、そいで、どっか持っていかれちゃったの」

「……」

「おとなしいのにね」

「うん」

「おとなしいウミウシ、可哀想なの」

「うん」

いかだごっこ

髪を洗ったので、乾かしながら、ベッドの端につかまって、いかだごっこなどをして過ごす。ベッドがいかだで、その下は海。

波が激しくて、いかだにつかまっているのがやっとだ。

「あ、落ちる、落ちる」と思いながら必死でいかだの端の方につかまる。

不安定なつかまり方で始めたので、本当に落ちかける。真剣になる。

下には底知れぬ海がある、鮫もいるかも知れない、いや、もっと怖いものが中から首を出すかも知れない。しがみつく。

けれども安定が悪くて結局海へ落ちる。

「うわー」

うさが笑う。

私はようやく海から上がっていう。

「ねえ、四方に全然陸の見えない、海の真ん中にいてさ、おっきな首長龍かなんかが、のっ、っていきなり首出したら、どうしよう」

「そりゃ怖い」

その後、一緒にいかだベッドに乗る。落ちませんように。

いかだごっこ その2

うさがいかだごっこのときに落ちそうになっていう。

「あああ鮫がぁ」

私はすぐうさをひっぱりあげる。

「あああウツボがぁ」

私は急いでうさをひっぱりあげる。

「あああ大ダコがぁ」

私はあわててうさをひっぱりあげる。

いっぱいのうさうさ

うさがいう。

「ねえ、知ってる？　記憶って、脳のいろいろな場所に分散されて保存されるんだって。

意味の一部ずつ。

だから、手術で脳、少し取っちゃっても、それで何かのこと、まるまる全部忘れちゃうってことは少ないんだって」

「へえー、じゃ、僕の脳には、あっちこっちに、うさうさうさうさうさうさうさうさ、ってあるわけだー、嬉しいなー」

「わー！」

かき

田舎からりんご二種、蜜柑、柿を送ってきた。

うさが戸棚の上に並べて楽しむ。

「『王林』は篭に入れるね。『ふじ』は隣に並べて。

蜜柑は積もう。ヘタを下にするとストレスが少ないそうだよ」

「ストレス」

「そ。で、かきは……」

「かきはどこ？」

「うーん、かきはあんまり美しくないなー」

「あ、そんなかわいそうなこと……」

「そうだね、かき、怒って、シブ柿なっちゃうかな」

「うん」

「かき、きれいきれい。ごめんね」

役にたつ物忘れ

ヒメネズミという野鼠は、木の実を拾っては土の中に埋め、冬のために蓄えておく。

ところがその中のいくつかは埋めた場所も忘れてしまって、そのままになるという。集めるときには互いに喧嘩までして取ってきたのに、埋めたあとはすぐ忘れてしまうのだ。

この、埋めたまま忘れられた木の実が芽を出して育ち、こうして森は広がるのだという。木の実は埋めておかれないと、地面に落ちただけではなかなか芽が出ない。また、ヒメネズミがすべての木の実のある場所をおぼえていたら、実は食べられてしまって育たない。ヒメネズミが忘れっぽいことで森は維持されてゆくのだ。

この話を聞いてうさはとても喜んでいった。

「そうか！　そうなんだ！　物忘れも役にたつことがあるんだー。

いっしょうけんめい集めて埋めた木の実、ころっと忘れるなんて、ヒメネズミっていい奴」

うさぎの冬眠

秋になって、少し涼しくなってくると、うさは
「こりゃー冬眠の準備だな」
といいながらソックスをはき始める。
「兎に冬眠ってあったっけ？」
と尋ねると、間違っていたことに気づき、うさは話をそらそうとして
「ほらほらほら」
といいながら踊り出す。私はみとれて話を忘れる。

うさぎ語

またあるとき
「もうこんなあったかそうなソックス、はいてる」という。

するとうさは、ぷっとして、

「だてしゃぶいぼん」

と答える。人間語に訳すと、「だって寒いもん」という意味である。

きゅーきゅーきゅー信号

「ぴーぴーぴー」

つけっぱなしを示す合図だ。

居間に敷いているホットカーペットは、つけっぱなし防止機能がついていて、四時間以上つけたままにしておくと、「ぴーぴーぴー」と音をたてる。

「ぴーぴーぴー」

私はホットカーペットの端についたボタンを押す。こうすると音は止まってあと四時間は鳴らない。

「きゅーきゅーきゅー」

今度はうさの合図だ。これが鳴ると私はさっそくうさの頭を撫でにゆく。

「はい、なでなでなで」

こうしてやっとうさの「放っておかれ防止信号」が止まる。

眠り玉

「眠り玉」の話。ぐっすりとよく眠れた日の朝には、枕もとに透き通った玉が落ちていることがある。それは「眠り玉」といって、よい眠りが結晶したものなのだ。

この話をしてからしばらく経ったころ、私は道できれいなビー玉を拾った。うす青い色で、表面に特別の光沢がある。

「眠くなっちゃった」といってうさはベッドに横になる。

私は寝入ったうさの枕のそばにビー玉を置いた。

うさと私のこのごろ

風うさぎ

風の強い日、
窓を開ける。

どっと風。

うさが動きまわりながらいう。

「まいまいまいまいまい」

四月

四月。うさと私は夜の散歩に出る。

フルドドが怖いから避けようと私はいう。

フルドドは自動車トラクターその他のこと。「ウォーターシップ・ダウンのうさぎたち」に出てくるうさぎ語。

それで広いフルドド道は避けて狭い路地をめぐる。

何かに反応したうさがいう。

「むこうに夏がいるよ」

私たちはうさの指差した路地に入る。

とさ日記

うさが寝る前に私はいつも小さなお話をする。

ある日の話。

むかしむかし、みんなのよく通る野道の脇の穴に小さなうさぎが住んでいました。なぜでしょうか、あるとき、そのうさぎの頭に小さい角が生えてきました。言い伝えによればそれは「兎《と》に角《かく》」というものでした。

角はそのうち、どんどん大きく重くなって、しかも大きくなるたびに痛いのです。

いつも寝ているうさぎ穴にも入れなくなり、うさぎはもう苦しくて、道端で頭を地面につけたまま、痛い痛いと泣いていました。

道を行く人は、うさぎのあまりに大きくて怖そうな角を見ると、みんな怯えて、そっと通り過ぎるだけでした。

うさぎは「自分は怖いものになってしまったんだ。それでみなから疎まれて誰も助けてくれないんだ」と思いました。そんなふうに考えていると、さらにさらに角は大きくなっていきました。

ある日、そこへ一匹の猫が通りかかって、「おや、うさぎさん、大きい角ですね」と言いました。

うさぎは、「痛いんです、もう動けません」と泣きました。

猫が「それはかわいそう」といって、角をなでました。なでられると痛みが少しだけ弱まるのをうさぎは知りました。

それから毎日、猫がやってきて、うさぎの角をなでました。そうやっていると、大きかった角はだんだん小さくなってゆきました。

そして、どうでしょう、一か月も経ったある日、角はぽろりと取れ、かわいいうさぎになりましたとさ。

またある日。

仔うさぎたちがたくさん、野原で遊んでいます。

そこへ向こうから、大きなフルドドがやってきました。そしてフルドドから大きな腕が伸びてきて、一匹の仔うさぎの耳をつかむと、ひょいっ、とさらってしまいました。

それはうさぎ取りだったのです。取られたうさぎは、街まで連れていかれました。そしてガラス張りの部屋に閉じ込められ、毎日、道行く人々から覗かれるのでした。

人々が面白そうに見ています。でも、引き取ってあげようとする人はいません。うさぎはただ見せ物にされているだけでした。

うさぎは、指差されたり、大きな顔が近寄ってきたり、大声で笑われたりするので怖くて、いつも小さくなってふるえていました。

そこへ一匹の猫が通りかかり、「おや、うさぎさん、どうしました、ふるえているではありませんか」と声をかけました。

うさぎは「ここから出たいのに出られません」といいました。

猫は「出してあげたいけど、ここのガラスはとても頑丈ですね。それに、みんなが見ている中ではとても助けようがありません」といって、行ってしまいました。

うさぎは、せっかく声をかけてくれた猫だけれど、やっぱり助けてはくれないのだなと思って悲しくなりました。

ところがその夜、たったたったっと音がすると、がしゃん、とガラスが割れました。驚いて見るとそこに大きな鉄のハンマーを持った猫がいます。

「助けにきましたよ、うさぎさん」というと猫はうさぎを抱きかかえて走り出しました。

たったたったたっと街を走り、どんどん走り、どんどんどんどん走り、猫はうさぎがもといた野原まで来ると、「もうだいじょうぶ」といって、うさぎをおろしました。

うさぎは「親切な猫さんありがとう」といいましたとさ。

など。うさはそれを次の日、思い出しては日記に書いている。どの話も、最後が「とさ」で終わるので、うさぎはその日記を『とさ日記』と呼んでいる。

「兎に角」の話はうさがとりわけ好きなので、ちょっとずつ変えて似た話を何度も話す。中で「角はぽろりと取れ、かわいいうさぎになりましたとさ」のところにくるとうさは「もかーい、もかーい」というので私は繰り返す。

「その夜」の話もほかにヴァリエーションがあって、さまざまなやり方でうさぎがさらわれ、捕らわれるのだが、「その夜、猫がやってきて、たったたったっ、がしゃんと音がしました」というところは同じ。この話をうさは「その夜レジェンド」と呼んでいる。

秋うさぎ

うさぎの鳴き声第一
「きゅーきゅー」
うさぎの鳴き声第二
「みみ　みみ」

秋になるとうさぎの「鳴き声第二」が多く聞かれるようになる。
野原にところどころほよほよした白いものが見え始めたらもう秋。
それはうさぎたちの耳が風にそよぐのだ。
そろそろあちこちで
みみ
みみ
という声がし始める。

ああ秋。

かわいそ虫

秋になるとうさにかわいそ虫がつくので楽しい話をしてやらなければならない。

かわいい県

うさぎ村は「かわいい県」にある。

かわいい県には、うさぎ村のほか、りす村、ねずみ村、ねこ村、あざらし村などがある。

なお、かわいい県の隣に「おおきい県」があって、ぞう村、くじら村、などがある。

うさぎ村とぞう村は姉妹村とのこと。

また、かわいい県とおおきい県の県境にはパンダ村がある。


あるとき、スパルタ・軍隊式教育を主張することで知られる「きびしい県」の知事が次のような見解を表明した。

「わがきびしい県では冬、寒風の中、生徒たちを裸できたえておる。

それに比べ、かわいい県では布団にくるんでおるとはなんたることだ。

恥を知れ。

今より直ちに軟弱な子女を鍛え直すためわが県を見習いたまえ」

これに対し、かわいい県の知事が声明を発表した。

「ほっといて」

かずのこ

うさはかずのこが大好き。
私はかずのこが好きでない。
けれどもかずのこを買って喜ぶうさは好き。

うさぎ村ちょっといい話

「ねえ、なんかいいー話、ないかな」

というと、うさが教えてくれた話。


むかし、うさぎ村に、もうこれ以上ないほど寒い冬がきました。

うさぎたちは体を寄せ合ってふるえていましたが、それでもあまりに寒いのでみなこごえかけていました。

全員の体温が下がってってあたためられない、もうだめだ、と思ったそのとき、猫の大群がやってきて、うさぎたちの間に入り、一緒にかたまってくれたのです。

猫たちは体温をわけにきてくれたのでした。

温かい猫たちのおかげでうさぎたちはその冬を越すことができたのです。

そのとき以来、うさぎ村では、冬、仔うさぎが寒がって、こんなに寒いんじゃ

もうだめだよー、などといってふるえていると
「だいじょうぶ、どうしてもだめなときは猫のあたため隊がくるよ」と励ますようになりましたとさ。

たぬのこと

住んでいる街の道路がとても入り組んでいてまっすぐなところが少ない。

それで歩いているうち、思わない方向へ行ってしまったり、もとのところへ戻ってしまったりする。

夜、なんか不思議な感じの人が、道端でずっと立っていた。

人形かと思ったがときおり少しだけ首が動く。

その後私たちは道を間違えた。

「たぬいたね」

とうさがいった。

うさぎのチポチポ処世術

「長生きしたいと思ったらね、……」

と、うさ。

「あのね、最初から千年生きたいとか、お願いしちゃだめなんだよ」

「どうして?」と私。

「神様がね、こいつ、欲張りだから、せいぜい五十年くらいにしてやろ、なんて思うかも」

「えぇー?　そうなのぉー?」

「そうなんだよー。まず百年ぐらいかなー、おねがいしますよぉ、っていうわけ」

「それで?」

「百年近くなったころに、どうかあと十年、お願いしますぅー、っていうわけ」

「わかってきたぞ」

「それから十年経つでしょ、そしたら、あのう、どうかどうか、あともう十年……」

というふうに、最初から大きいものを求めずに、中くらいのものに少しずつ足してゆけば結局いつかは大きいものになるというのが「うさぎのチポチポ処世術」

「これで千年生きられるよ」

「でもそれなら最初に百年ってのもちょっと多すぎないの？」

「だって夢の大きいとこも見せとかないと」

同様に「うさぎのぽっちり哲学」というのもある。これはまたいつか。

うさぎ魂

うさぎ村で。
何かこわいことがあっても意地を張って強がろうとするうさぎがいると
よくいわれる言葉。
「そんなとき逃げなくてどうするんだ、
君にはうさぎ魂がないのか！」

おことわり

うさぎ村の入り口には次のような語の書かれた看板がある。

「こわいひとおことわり」

みみふさ

うさは気まぐれでときどき名前を変える。

「うさ、今日から、『みみふさ』になるからね」

「なあに、それ」

「耳がふさふさしたうさぎだから、『みみふさ』」

「ふうん」

「みみふさ、って呼んでね」

「うん」

でも次の日にはたいてい、うさに戻っている。

クッキー単位

うさはクッキーが大好き。

チョコレート入りやフルーツフレーバー付きのものよりバターが豊富でプレーンなものが一番好きという。

それで私は、うさに感謝するときは「クッキー単位」を使っている。

「ありがとう」は1クッキー。

「とてもありがとう」は10クッキー。

この間、夜中にとてもおなかがへって、冷蔵庫を開けたらいつのまにかナス田楽が入っていた。

「これ、食べていいの?」

「いいよ、ぴき食べるかもと思って買っといたよ」とうさ。

「ひゃー、ありがと、うさ、200クッキー!」

こんなふうに使う。

うさ、動物番組を見る

うさはＴＶの動物番組が好き。

先日はダチョウの特集だった、とうさはいう。

「それでね、ダチョウ、メスがオスを取り合うんだよ、喧嘩して勝ったのがオスとつがいになるの」

「ううーん、ダチョウのメスは『おっしゃー、かかってこおい』とかなんとかいってんのかな。

そいでオスは『ぼくがほしいなら強くなっておいでよ、ふふん』とか」

「そいでも負けたメスも交尾はするみたいなのね」

「正妻と妾になるわけかな」

「そんな感じかなー、それで、正妻は巣でタマゴ生む」

「メカケは？」

「そこだよー、おもしろいの、負けたメスダチョウも、勝ったのの巣にタマゴ生みにくるの」

「え、それで追い出されないの？」

「そこだよー、勝ったダチョウ、ぜんぜん追い出さないの。なんか不思議でしょ」

「不思議不思議」

「でもそれはね、ふふふ」

「あ、なんか知ってる顔」

「そうなのだ。それには理由があるのだ、ふふふ」

「教えてよー」

「うむ。教えてやるぞ、それはね、まずダチョウのタマゴは大きくてとても割れにくい」

「うんうん」

「それで、周りでダチョウのタマゴ狙ってるハゲタカなんかは、知恵があるのね」

「どんな？」

「ふふん、それはね、石でタマゴ割るんだよ」

「鳥が？」

「そうなの。サバンナにいるハゲタカは嘴で大きめの石はさんで持ってきて」

「落とすの？」

「そっそ。近寄ってきてね。高いところから狙うんじゃないよ。降りてきて、石ぶつけるのね。それで石の尖ったところが当たるとタマゴ割れるの。それで食べられちゃうわけね」

「ふうん。でもそれとメカケタマゴとはどういう関係が」

「そこだよ。正妻ダチョウは負けたメスがタマゴ生みに来ても『はいどうぞ』って巣を出たりすんのね、そこへ別のメスがタマゴ生むの、そいで正妻ダチョウ戻ってくる」

「うんうん」

「するとね、負けたメスはすぐいっちゃうんだけど、正妻ダチョウは自分のタマゴどれか全部わかってて、それ中央に集めるの。他のメスのタマゴは全部周りに置かれるの」

「え、そんなのわかんの？」

「わかるんだよねー、それでね、なぜそういうことするかというと」

「真ん中の方がよくあたたまるから？　ほら、ペンギンの集団もそうだったじゃない」

「うん、でも違うのだ、それはね、周りにあるタマゴはハゲタカから狙われやすいからなのだ」

「ふーん」

「ハゲタカ、知恵あっても根気ないし、ひとつ割って食べればいいわけだし」

「真ん中は割りにくい？」

「そうなんだな、すっごく硬いから、高いところから石おとすんじゃないし。降りてきて横からぶつけるの。だから、真ん中ほど安全」

「うううーん、じゃ、周りのタマゴは捨て石？」

「あ、でも真ん中は有利だけど、周りのタマゴから孵ったヒナも差別しないで一緒に育てるんだよ、生れた子はどれも、不利なタマゴでも生き延びた子には同じチャンスがあるの。差別しないで育てるの、ちょっと、ほっ、でしょ」

「うんうん」

「ダチョウ、ヒナ、どの子も大切にするよ」

「あ、ちょっといい話」

「でしょでしょ、ふふふ、ちょっとたのしでしょ」うさは嬉しそうにする。

「うん」

「でもね、……」うさの表情がくもる。

「まだ何か」

「雨季になるころヒナ孵るんだけど、すぐ移動しなきゃなんないから、ダチョウ親、巣を出ちゃうの。それでタマゴ孵るの遅いと、放置されちゃうの」

「そのタマゴ死ぬの？」

「そうなの、孵るの遅いのは置いていかれちゃうんだよー、しくしく」

「よしよし」

「かなしなの」

「よしよし」

こういうのを私はうさぎの動物一喜一憂と呼んでいる。

ベッドにやってくる動物たち

「ゆうべね」とうさ。

「ぴきと並んで寝てたらね」

「うん」

「ぴきの上に馬が」

「え」

「うさの上にカラスが」

「ええ」

「乗ってくるんだよ」

「えええ」

「そいでぴきが『重いなー』っていうのね」

「ううん」

「でもね、馬、いい子で、ぴきになついてくんの」

「で……」

「カラスは『ねえねえ』ってあまえてくんの」

「ううん」

「どっちも『ねえねえ』って乗ってくんの。重いけどかわいいからどけられないの」

「それって……」

「夢なの」


「あのね」

「夢？」

「ままま、それでね」

「うん」

「前足なの」

「何の」

「何かと思ったら犬なの」

「寝てると？」

「そそ。前足なでたげたらね」

「わくわく」

「ベッド入ってくるんだよー」

「なでる？」

「あたまなでたら、すごくよろこんできゃっきゃっきゃっていうの」

「おお」

「かわいいんだ」

「夢？」

「まあまあ。犬ね、ビーグル犬かな、なでてるとね、よろこぶんだけど、『あ、もう試験に行かなくちゃ』っていって行こうとすんだけど、でもなんか行きたくないみたいでまだなでられてんの。

それで、『絶対合格だよ』っていってあげたよ」

「夢かぁ」

「でもいいでしょ」

「うん」

麦秋のうさぎ

うさぎ村のうさぎには夏だけの鳴き声があって、

「ふさ」

という。

それもたまにしか鳴かなくて、
一回だけである。

野原にときおりふと
「ふさ」

という声が響く。

一回だけの「ふさ」の後は涼しい風が吹くばかり。

それからしばらくするとまた別のところから
「ふさ」

そうすると今年も夏だな、とみな思うのだ。

ただ、天気のよい日には稀に森の中から
「ふさふさふさふさふさ」
と連続した声がすることがあって、
これは気持ちよさのあまり気をゆるしたうさぎの喜びの声だそうである。
また、夏の昼下がり、
昼寝中のうさぎが不意に
「ふ」
ともらすことがあって、
これは寝ぼけて半分だけ鳴いたものらしい。
真夜中の森からもこれが聞こえることがある。
しかし普通夏の「ふさ」は大切な声なのでみだりに出さないようにするのがうさぎたちの習慣となっているのだ、とさ。
といううさの話。

いか素

これを仮に「いか素」と呼んでおきましょう。
うさ、それタウリンだ。

三毛フェスティバル

うさと散歩しているとその日は道端にねこがたくさんいて何度も立ち止まった。

「三毛多いね」

「今日は三毛ばっかり見るね」

「今日って三毛フェスティバル？」

という会話からできた話、三毛フェスティバル。

三毛フェスティバルの日がやってきた。

日本中の三毛ねこがその日、道端に出てまるくなるのだ。

それを見ていた茶ねこと黒ねこが

「いいな、三毛フェスティバルかー」

「でもぼくたち、三毛じゃないし」

「いいなー、まるくなって」

そこへ白ねこがやってきた。

「きみたち、三毛フェスティバルに出たいんだろ、それならぼくと三匹セットで出ようよ」

「そうか！　三匹で三毛だね！」

こうして茶ねこと黒ねこと白ねこは三匹一緒に道端でまるくなりましたとさ。

悲しむうさ

とても悲しそうにうさが泣いている。

理由はわからないが隣にいてあげる。

随分長い間泣いていたが
ふと顔をあげてうさがいう。

「うさぎはね」

「うん」

「ロバが好き」

「うん」

うさと私のいつか

まぼろしメロン

うさー、もう寝るね
え　寝ちゃうの？
眠いし
いいもん　お話してくんないならうさ、ひとりでメロン食べちゃうぞ
メロンあったの？
ぴきのしらないとこに隠してあるんだぞ
ふうん　でもいいや　おやすみ
もう　メロン食べちゃうぞ

みみくる

うさぎ村での習慣。

ある冬、あまり寒かったので、一匹のうさぎが 耳をくるっと巻いて、丸い耳袋をかぶせたことから始まった。

その耳袋がきれいだったので他のうさぎもまねた。

現在冬のうさぎ村では、耳をぴんと立てたうさぎはほとんど見当たらない。

みな、工夫をこらして耳袋の色と模様を競っている。

しかしシルエットだけ見るとクマのようである。

タノコロン

うさぎの天使。

メタトロンとかサンダルフォンのように怖くない。

名前はこの天使が空を通るとうさぎたちが楽しくてころんと転がることからといわれるが未検証。

ふみふみ

心は
ほんの小さなことでとても暗い谷間にゆく。
そんなことをうさに話す。
するとうさはいう。
「ふみふみしたげる」
そしてふかふかの足で私の足を踏む。
ふみ
ふみ
ふみ
そうだ、それでいい。
とてもいい。
と、うさにいう。

うさぎもたまには怒る

怒ミミ天を突く。
というそうです、怒ったとき。
でもそんなに怒ったうさぎは見たことない。

誰も気づかないところで世界を助けている人

原発が爆発しそうなのをぎりぎりのところでとめてくれている人が、この今にもいるのかもしれない。

というはなしをうさとする。

……と、以前、話していましたが、2011年、それが本当になってしまいました。とめてくれた人、ありがとう、本当に、ありがとう。

野の姫

うさはどこかの国の姫なのだけれども
生まれたときうさぎの穴にいたのでうさぎです。
とのこと。
ときどきどこかにある王国のことが気になるらしい。
姫の育ちをしていないので王宮の作法は知らない。
でも姫なので
野の姫と呼びましょう。

月の光

あなたが人のために泣くたび
月は輝く。
とうさがいう。

ねこ見

二人で散歩しながら話をしているとき
道端にねこがいると 必ず話が中断する。
その後、 運がよければ前の話が続く。
これをねこ見と呼んでいる。

ねこでら

「ねこでらって知ってる?」とうさ。

「ねこのお寺?」

「ねこがお坊さんやってるんじゃないんだよ、ねこいっぱいいるだけのお寺なの」

「ねこいっぱいいる寺」

「誰が来てもいいしいつまでいてもいいのね」

「何すんの」

「ねこ見てるだけ。

あのさ、なんかのときふっとさびしい気持ちになること、あるでしょ」

「あるある」

「それでそういうのが重くなった人が来るの、ねこでら」

「ねこ見に?」

「そっそ。それでね、ころころころころ、ねこ、いっぱいひなたにいるの見てると、そのうちちょっと楽になって帰ってくの。

こういうのがねこでら」

「いつか行こ」

「行こうね」

みみヨガ

うさぎたちが耳でやるヨガ。
むずかしいのは「こよりのポーズ」

うさぎ便

うさぎたちが運ぶ　あまり重いものはだめ。
一回にどんぐり五つまで。例がにんじんとかでないのは経営者がりすだから。

ねむ神さま
よく訪れるらしい。

うさぎ時間

うさの話したはなし

「『ナキウサギ』は一見ネズミに見えるのでネズミのいるところへ行きました。するると、あ、尻尾がちょっと違う、といわれて追い出されました。それでウサギのいるところへ行くと、あ、耳がネズミみたい、といわれるので、そこも出ました。

こうしてナキウサギたちは月にいちばん近い、高い高い山の上で一緒にまるく住むことにしました」


「台風が奄美大島付近に停滞中だって。天気予報で」

「こんなとき奄美の黒うさぎはどうしてるかなあ」

「きっと、草の葉の陰に隠れて、雨が止むまでぶるぶるしてるよ」

「ええー、かわいそう」

「違うかな、穴に逃げこんでるかな」

「それそれ」

「巣に入って、ぬくぬくかな」

「それそれ」

「台風なんか平気」

「そうそう。それで安心してぽろぽろってフンなんかしてるんだよお」


「うさは実は月の世界じゃ王女様だったんだよ」

「ほんとお?」

「本当だもん。その証拠に、うさぎの王女様はとりわけふかふかした尻尾をしてんだよ」

「でもうさ、尻尾そんなふかふかしてた?」

「へっへ。実は、本当の尻尾は取り外して大切に宝石箱の中に入れて隠してあるのでした。だから今つけてるのは普通尻尾なのでした」

「あれー、でも、そんなん、ずっとしまってて、また出してみたら、虫食ってたりして」

「ん？　ええー、違うもん、ちゃんと虫に食われないようにゴン入れてるもん」

「ふうん。宝石箱に？」

「そ」


皿洗いと米とぎを夜中にやっているとうさが見つけていう。

「あ、ぴきが善行を施している」


「ごはんのたのしみ、知ってる？」

「どんなの？」

「ごはんの下の方の、わざとちょっと横の方にね、うめぼしとかたらことかね、だいたいはきゅうりのきゅうちゃんが主かな、そういうの、埋めておくのね」

「うん」

「そいで食べるときおちゃわんを回すわけ」

「それで」

「どこに入ってるかわからなくしておいてから食べると、意外なところから出てくるたのしみ」

「うーん」


「この壷は?」

「あ、それ、うめぼし入れ」

「うんうん、昔のうめぼし漬ける壷、ちいーさくしたみたいだね」

「ね、かあいらしでしょ、お店で食器見てたらね、これ、あって、そんで、うめぼし入れてほしそうーな顔してたの」

「ふうん」

「だから買ってきて入れたげたの」

「しあわせ」

「うん」


「もう、昨日は眠くて眠くて」

「一日寝てたよね」

「もう、うさ、寝るなら三日連続でもいいぞ」

「寝名人」

「そうだよねー、『ねるねるオリンピック』あれば、優勝なんだけどなー」

「『ねるねるオリンピック』！」

「そ。あ、でも薬物は禁止」

うさとともに恐龍図鑑を見る。一匹ずつ描かれたものではなく、いろんな恐龍が一緒にいる絵が見開きになったものだ。

「これさー、すっごい大きい顔でど真ん中にいるね」

うさが中央のティラノサウルスをさしていう。

「もう、わし！　わし！　わしやわしやーわしやでぇー　って自己主張してる感じ」

「うんうん。わしわし恐龍」

しばらくして、端の方に、ちょっと顔だけ出して小さく描かれている名のわからない恐龍を見つけてうさがいう。

「これ。野の花」


「でさ、部屋に一人で寝てると、窓のあたりからホオ、ホオ、ホオ、ホオ、って声がして、それが部屋まで入ってくるの。彼は、はじめ、あ、鳩が来たんだ、って思ってたんだけど。

……でもよく聞いてると、それ、ホ、ホ、ホ、じゃなくて、フォッフォッフォッっていうみたいな、男の、低い笑い声に聞こえてきて、でも聞こえる位置が畳からせいぜい十センチくらい……そうするとこれ……、そんとき彼は、生首がずる、ずるって近寄ってくるんじゃないか、って……」

この間聞いた怖い話をする。私は怖い話が大好き。調子に乗ってうさに話す。でもうさは……

「どうしたの」

うさは眼をつぶって何かつぶやいている。耳を近づけると、小さい声で、

「くまちゃん、くまちゃん……」

うさぎ食いがいるといけないから夜中のゴミ出しはぴき。

通路に一部、陽があたっていてそこだけ丸い鳩がいっぱい
といううさの報告。
うさの丸いもの日記。

夜ガレージの前にいるねこ。
「とてもまるい方がいらっしゃる」とうさ。

TVで地域特集というのをやっていて、「わが町の伝統工芸はこんなに素晴らしい」と語る市長らしい人が、アナウンサーに「どこが素晴らしいのでしょう?」と質問されると「なにより伝統がにじみ出ております」と答えていた。
「市長さん、きっと本当はそんなによく知らなくて、どこがいいのかいえな

いんだよ、でもそれ、どんないいところがあるのかな」というと、

「え？　アリが寄ってくる、とかは？」とうさ。

にじみ出ている、のところに反応したらしい。

夜、隣の部屋で寝ているうさがふにふにふにふに言うので行ってみると目をさましたうさが
「今、夢でいっしょうけんめい、誰かにあやまってたの」
その言葉がふにふにだったもよう。

「仏に会えば仏を殺し」

「なにそれ」とうさ。

「禅の言葉だって。何にも属さない心構え、というのかな」

「え、せっかく会ったのに」とうさ。


冬、外から帰ってきて。

「ひえー」

「どうしたの？」

「さむさむランド」


冬、夜遅く外から帰ってきて。

「ひえー」

「どうしたの？」

「ねむさむランド」

「寒いなぁー」

「あれぇ、アンカ入れて寝てるの?」

「いいじゃん、ぷん。さぶいもん。でもこれ、アンカじゃないもん」

「なあに」

「これうさの『ぬく箱』」


「ドクダミってさ、……」

「うん?」

「『のら草』だよね」

「うん」

ウォンバットという動物は小さなクマみたいでもありブタのようでもあり太ったプレーリードッグみたいでもあり、動きがのそのそしていて、うさは他人に思えないという。

オーストラリアではこのウォンバットの中のある種類が絶滅しかけている、と『ナショナル・ジオグラフィック』誌にあった。その種類のウォンバットは、あまり巣を移動しないため、牛に餌の草を食べ尽くされて餓死してゆくのだという。

これを読んだうさの想像。

「ウォンバットが草食べてるとね、大っきな大っきな牛が来てね、

『おい。どかんかい』

そうすっとね、ウォンバットはね、下向いて小さい声で

『すんまへん』

っていって隅の方行くの。そいで根っこしか残ってなくてね……」

「くうー、可哀想」

でも実はウォンバットはものすごく活発で、どどどどっと力強く走ることを後で知った。牛には負けるのかも知れないが、気弱ではなさそうです。

「快獣ブースカ」というテレビ番組がずっと昔あった。ブースカという「快獣」が出てくる。今また、少し流行っている。これが、もとイグアナだというのだが似ても似つかない。でも可愛い可愛いといってうさがぬいぐるみを買ってきた。おしりのところに「イヌクマ」というタグがついている。これはメーカー名だそうだが、そういう分類になりそうな形をしている。おなかを押すと、きゅう、と鳴く。

と、こんなブースカの話をしているうち、眠くなってきたので、

「さ、もう一人で寝ようね」といってベッドから立つと、うさがいう。

「おなか押すと鳴くよ」

私はまたしばらくうさのそばを離れられなくなる。

うさぎ時計。
うさの隣に寝ていて、夜中、離れようとすると、眼を醒ましたらしいうさが、
チッチッチッチッチッといいながら私の方へ転がってくるのだった。

「じゃ、ひとりで寝ようね」

といって自分の部屋へ行こうとすると、うさが、情けなさそうに
「あめあめが降ってね……」

という。その日は一日雨が降っていたのだった。それがさびしいのだった。

私はうさのあたまを撫でるのだった。

「不思議だな……」

するとうさは「何がぁー？」。

「だって、もしうさに会ってなかったら、今、ぜんぜん、うさのこと知らないんだよ、うさ、知らないでいた可能性があったなんて、不思議」

「えー、会ってなかったらなんて考えたことないやー」

「でも、もし……」

「ううん。でもうさに会わなかったら今頃、別の誰かといるよお」

「ええ？　誰？」

「わかんないけど、……」

「でもそうすると『うさと私』じゃないんだよ」

「でもさ、その代わり、……えーと、たとえば『たぬと私』とか」

「ううーん」

うさの手をとって、

「ぷよぷよ」

「ぷよぷよ?」

「そ。ぷよぷよ」

「ね、ここが浄土です」

「うーん」


うさは忙しいとき、自分のことを「うさきち」という。

「だってよく、漫画やおはなしで、いっしょうけんめい勉強してたり、仕事してたりするまじめうさぎは『うさ吉』って名だもん。そいでさ、眼鏡なんかかけてんの」

「なんとなくわかる」

「でもね、ときどきずるいことするうさぎになるときは違うの。『うさちき』なの」

「それどんな？」

「ええええー、告白しまあす、この間、栗が三つあったの、でもうさ、それひとつ食べたの。それで、ぴき、栗、ふたつあるから一つずつね、って言ってもともとふたつだったみたいにいったのぉ」

「知らなかったあ」

「そうなんですう、そのとき『うさちき』だったんですうー」

「ううーん、でもま、いっか」


「スーパーウサって知ってる？」

「空飛ぶの？」

「そうなのだ。たとえばね、ぴきが泣いてるとね、……」

「来てくれるの？」

「そうなの、空からシュパーっと飛んできてね、そいで一緒に泣くの」

うさぎ時間

寝るとき。寝て夢を見るとき。決まった時間に起きられないとき。決まった時間に寝られないとき。空の色が気になるとき。風の動きが見えるとき。星の光が少し遅れて届くとき。樹にのぼりたくなるとき。悲しいことがあっても、くるっと丸くなっているうちに忘れてしまうとき。したくないことからすぐ逃げるとき。よく皿を割るとき。よく転ぶとき。ときどきこれでいいのかな、と思うけれども、そのうちに、あれ、何悩んでたのかな、と考えるとき。会話にぱぴぷぺぽのつく言葉が増えるとき。丸いものが好きになるとき。人のいったことがすぐにわからないとき。意地悪されてもなかなか気がつかないとき。何かいわれてもすぐにいい返せないとき。ぼんやりしているとき。ぼんやりしている間に周りが変化してしまっているとき。誰かと話していて、話している内容より思い出したことのほうが気になるとき。君にはちっとも将来への展望がないねといわれるとき。何考えてるのかわからないといわれるとき。でも幸せなとき。
こういうとき、人はうさぎ時間にいる。

あとがき

「うさと私」は一九八九年に初稿が完成した。このときは小説として書かれていて、現在の形とは全く異なる。枚数は百枚を越えていたと記憶する。

同年、知り合いの編集者からアドヴァイスを受け、不要な部分を削除した。

一九九〇年同じ方から再度アドヴァイスを受け、さらに不要な部分を削除した。あまりに徹底的に削除したので小説としてのストーリーは消滅し、それはいくつもの瞬間だけを記す「ほぼ詩のようなもの」となった。そこで完全な詩作品として書き直すこととした。

一九九三年、詩篇「うさと私」が完成した。谷川俊太郎先生にご覧いただく機会を得、大変ありがたいことにご推奨いただいた。これが本書の第一章となった。

一九九五年、後に本書第二章となる「うさと私の日々」が完成した。

一九九六年、『うさと私』を刊行し「うさと私」「うさと私の日々」を収録した。

このとき谷川先生からいただいたコメントを帯文として使わせていただいた。

キューキョクの愛の表現。スタイルユニーク。

一方、二〇〇一年に「すきま系の文芸ミニコミ誌」として創刊された『別腹』(イイダアリコ個人編集)1号・4号・5号に「『うさと私』その後の記録」を掲載した。これは第三章「うさと私のこのごろ」にあたる。

『別腹』誌は当初、歌人・詩人・作家らが「本業以外のことを書く文芸誌」という趣旨だったが、号が進むうち、特集に合わせて、その執筆者がこれまであまり公にしてこなかった傾向の創作が掲載され、さらに後になると、その作者にとっての中心的な作品も掲載されるようになった。二〇〇八年発行『別腹』6号には本書の第四章「うさと私のいつか」に収録した作品の多くが掲載された。私も6号の頃には小説の仕事が主となっていたので、この時期発表した「うさと私のいつか」は「本腹」である。

二〇一五年、アンソロジー『ファイン/キュート　素敵かわいい作品選』を編集し、ちくま文庫として刊行された。ここに詩篇「うさと私」とそれ以後の発表作品から20ページに収まるほどを抄録した。これを書肆侃侃房の田島安江さんにおわたしし、『うさと私』増補改訂出版の企画をお尋ねしたところ、ご快諾を得て、これまで書いたすべての「うさと私」物語を収録した本書が、宮島亜紀さんのキュートな挿画とともに刊行されることとなった。

お二人に深く御礼申し上げます。

二〇一六年七月二九日

高原英理

■著者プロフィール

高原 英理（たかはら・えいり）

1959年、三重県生まれ。小説家、文芸評論家。立教大学文学部卒業。東京工業大学大学院社会理工学研究科博士課程修了（価値システム専攻）。

1985年、小説「少女のための鏖殺作法」で幻想文学新人賞受賞（選考委員は澁澤龍彥・中井英夫）。

1996年、三島由紀夫と江戸川乱歩を論じた評論「語りの事故現場」で群像新人文学賞評論部門優秀作を受賞。

著書に『不機嫌な姫とブルックナー団』『ゴシックハート』（講談社）、『ゴシックスピリット』（朝日新聞社）、『抒情的恐怖群』（毎日新聞社）、編著に『リテラリーゴシック・イン・ジャパン　文学的ゴシック作品選』『ファイン／キュート　素敵かわいい作品選』（ちくま文庫）など。

うさと私

2016年9月1日　第1刷発行

著　者　高原 英理
発行者　田島 安江
発行所　書肆侃侃房（しょしかんかんぼう）
〒810-0041
福岡市中央区大名2-8-18-501（システムクリエート内）
TEL 092-735-2802　FAX 092-735-2792
http://www.kankanbou.com
info@kankanbou.com

装丁・装画　宮島 亜紀
DTP　黒木 留実（書肆侃侃房）
印刷・製本　株式会社インテックス福岡

ISBN978-4-86385-232-7 C0093